W0203535

LITERARISCHE DIVERSE VERLAG

Worte wie Honig

— eine Dankesschrift für Mevlüde Genç

Inhalt

Was uns bewegt

BIPoC Voices e. V. — Sofia Eleftheriadi-Zacharaki

„Wann immer ich Solingen höre, brennt ein Haus vor meinen Augen“ schreibt die Dichterin Safiye Can in ihrem Buch „Kinder der verlorenen Gesellschaft“ (Wallstein Verlag, 2017). Wie fühlt es sich an, an einem Ort geboren zu werden und aufzuwachsen, der sich noch vor unserer Geburt wie ein unwiderrufbarer Brandfleck in die Landkarte dieser Republik eingebrannt hat. Dessen Stadtname sich einreiht in eine Kartographie rechten Terrors, deren Ausdehnung nicht anzuhalten scheint. Ein Stadtname, dessen Nennung uns mit überwältigender Schlagkraft an die rassistische Gewalt denken lässt, die in Solingen Gestalt angenommen hat. Wie geht man damit um, wenn die Frage „Woher kommst du?“ uns nicht nur zu Anderen erklärt, sondern auch das ewige „Was assoziierst du mit Solingen?“-Spiel ins Rollen bringt: Ist es die Qualitätsware der Klingenstadt oder der Anschlag? Und was sagt das über dich aus?

Solinger*in – insbesondere BIPoC Solinger*in – zu sein, heißt in einer Dissonanz zu leben. Und auch wenn es einen bitteren Geschmack der Unvereinbarkeit hervorruft, bleibt uns nur, diese Dissonanz zuzulassen und auszuhalten: nicht mit ihr zu leben, sondern in ihr. Solingen steht für Heimat, Zuhause, Familie, Kindheit, aber nunmal auch für ein brennendes Haus. Solingen fühlt sich vertraut und geborgen an und führt uns gleichzeitig unmissverständlich die grausame Realität der rassistischen Kontinuität in Deutschland vor Augen. Solingen bedeutet Geburtsort, aber auch „Rassismus tötet“.

Diese Dissonanz zuzulassen, ist vielleicht das, was uns zu Menschen macht: Die Gleichzeitigkeit und Unvereinbarkeit in ihrer ganzen Wucht zu fühlen. Diesem Chaos wollen wir uns in *Worte wie Honig* hingeben und ihm Raum zur Entfaltung geben. Raum, in dem unsere Erinnerungen und unsere Trauer Seite an Seite existieren können. Wir wollen einen Raum schaffen, in dem sich unser Frust, unsere

Wut und unser Schmerz entlädt, die 30 Jahre im Verborgenen gebrodelt haben. Von denen wir vielleicht noch nicht mal wussten, weil wir unsere Energie darauf verwenden mussten, dazuzugehören und uns anzupassen: nicht zu laut, nicht zu auffällig, nicht zu anders zu sein. Einen Raum schaffen, in dem wir die Fragen in unseren Köpfen endlich entwirren können, die jahrzehntelang uns, unsere Identität und Zugehörigkeit in Frage gestellt haben. Einen Raum, der laut und bunt und unbequem ist. Obwohl migrantische Stimmen lange unterrepräsentiert blieben, wenn nicht gar ungehört. Obwohl Morddrohungen in Briefkästen landen, wenn man sich als BIPoC politisch engagiert. Ein Raum, der das *Obwohl* in ein *Trotzdem* und ein *Jetzt erst recht* verwandelt.

„Let's transform our pain into powerful art" schrieben wir im Mai in unsere Bewerbung des Open Calls für diese Anthologie. Es ist ein Akt der Stärke, der Resilienz und der Versöhnung aller Emotionen in uns. Die Last der Vergangenheit zu tragen und gleichzeitig die Zukunft zu gestalten.

Dieser Band stellt den Versuch dar, diese Gleichzeitigkeit an Emotionen in einem Buch zu vereinen und ihre Komplexität und Vielschichtigkeit zu präsentieren. Unseren Autor*innen und Leser*innen wollen wir auf diese Weise Trost schenken, einen Safe Space anbieten und vor allem deutlich machen: Wir sind nicht allein.

In Solingen steht ein eindrucksvolles Denkmal: Es stellt zwei Menschen dar, die mit gemeinsamer Kraft ein Hakenkreuz entzweireißen. Umringt sind sie von sorgsam angereihten stählernen Ringen, die Einheit und Widerstand gegen Rassismus symbolisieren. Die mit Namen versehenen Ringe sind ein Zeichen der Solidarität, sie vereinen sich, um Hass und Vorurteilen entgegenzutreten – ein stählernes Versprechen, gegen Rassismus einzustehen und sich zu verbünden. Das Denkmal dient als Erinnerung daran, dass aus Dunkelheit und Zerstörung eine starke Gemeinschaft hervorgehen kann, die für Gerechtigkeit und Gleichheit einsteht. Wir brauchen mehr als leere Versprechen, die uns ein „Nie wieder" beteuern, da es doch immer und immer wieder geschieht. Wir brauchen mehr als Symbolik. Wir brauchen Veränderungen. Insbesondere in Zeiten wie diesen, in denen der Rassismus alarmierend grassiert.

Mit der diesjährigen 30. Jährung des Brandanschlags von Solingen blicken wir auf 30 Jahre zurück, in denen Solingen nicht nur den Höhepunkt rassistischer Gewalt darstellt, sondern vielmehr den Anfang einer grausamen Kontinuität rassistischer Übergriffe, Gewalt und Morde in dem 33-jährigen Bestehen der wiedervereinten BRD. Von Hoyerswerda, Rostock-Lichtenhagen, Mölln über den NSU zu Heidenau, Chemnitz, Kassel, Halle und Hanau. Wie lange wird es dauern, bis wir anerkennen, dass es nicht aufgeht, diese Städtenamen aufzuzählen, sie zu Höhepunkten und Synonymen rechter Gewalt zu erklären und uns endlich eingestehen, dass diese vermeintlichen Höhepunkte einen Dauerzustand darstellen. Wie lange wird es dauern, bis wir aufhören von „Einzelfällen" und „Einzeltätern" zu sprechen. „Wie oft wollen wir das Märchen des Einzeltäters noch glauben?" fragte Aminata Touré nach Hanau und wir fragen uns das noch immer. Wie lange wird es dauern, bis wir die Begriffe „Einzelfall" und „Einzeltäter" in Bezug auf rechte Gewalt aus unserem Vokabular streichen oder sie in unserem Sinne umbesetzen, sodass sie nicht mehr eine Ausnahme, sondern die Regel beschreiben.

Heute – 30 Jahre nach dem Brandanschlag – leben Menschen in Solingen, die nicht wissen, was sich am 29. Mai 1993 in ihrer Stadt zugetragen hat. Die am neu eingeweihten Mevlüde-Genç-Platz entlangspazieren, ohne zu ahnen, dass dieser und warum dieser so heißt. Ohne zu ahnen, wer diese beeindruckende Mutter, Großmutter und Tante war. Ohne zu ahnen, welch unbeschreibliches Leid sie mit sich trug und wie sie trotz diesem immerwährend für Versöhnung eingestanden ist. Ohne zu ahnen, dass Menschen im ganzen Land zu ihr aufblicken und sie, ohne sie zu kennen, „Mevlüde Anne" nennen. Menschen, die die Untere Wernerstraße entlanggehen und sich über die Lücke in der Häuserreihe wundern, aus der heute fünf Kastanien emporragen. Menschen, die das Solinger Mahnmal betrachten, ohne den Auftrag und die Verantwortung zu verspüren, die sich in diesem manifestieren.

Dass das Gedenken an die Verstorbenen nicht zu einer ritualisierten Erinnerungskultur erstarrt, liegt in unser aller Hand. Dass die Verstorbenen nicht in Vergessenheit geraten, liegt in unserer Verantwortung. Solange wir erinnern, die Namen der fünf Menschen aussprechen, die am 29. Mai 1993 so grausam aus ihrem Leben gerissen wurden, ihre Geschichten erzählen und Bilder ihrer Gesichter plakatieren, solange halten wir sie lebendig. Zwar nicht in ihrer physischen Form, aber in unseren Herzen. Solange wir erinnern, gewähren wir ihnen Gerechtigkeit.

Erinnern heißt Verändern,
Erinnern heißt Kämpfen.

Saime Genç
Hülya Genç
Gürsün İnce
Hatice Genç
Gülüstan Öztürk

für Mevlüde Genç
Solingen, 05.09.2023

MEVLÜDE GENÇ

5. Februar 1943, Amasya

30. Oktober 2022, Solingen

Buslinie 684

Maryam Sabri

Die Buslinie 684 war weit mehr als nur ein Transportmittel – sie war ein Band, das eine bunte Gemeinschaft von Menschen mit unterschiedlichen Zielen und Träumen miteinander verknüpfte. In den engen Räumen des Busses wurden wir zu einer eingeschworenen Gemeinschaft, die sich trotz unserer vielfältigen Lebenswege durch das tägliche Ritual des gemeinsamen Busfahrens verbunden fühlte. Eine von uns war Hatice Genç, eine junge Frau, die drei Haltestellen nach mir zustieg. Mit einem Lächeln auf den Lippen strahlte ihre Jugend, und ihre Freundlichkeit und Selbstsicherheit machten sie zu einem unverzichtbaren Teil unserer morgendlichen Routine. Doch dann brach der schicksalhafte 29. Mai an – ein Tag, der uns mit Entsetzen erfüllte. Hatice Genç, unsere Mitreisende, wurde auf grausame Weise aus unserer Mitte gerissen. Ohne jegliche Vorwarnung wurde ihr Leben beendet. Die Frage nach dem Warum hallte in unseren Herzen wider: Wer hatte das Recht, das Leben von fünf unschuldigen Menschen zu beenden?

Die Nachricht von diesem tragischen Ereignis verbreitete sich rasend schnell, und Menschen aus allen Richtungen strömten nach Solingen. Die Stadt wurde zum Zentrum der Trauer, Wut und Verzweiflung. Auf den Straßen von Solingen vereinten wir unsere Emotionen – wir weinten, schrien und trauerten. Hunderttausende Menschen kamen zusammen, um der Welt zu zeigen, dass wir nicht tatenlos zuschauen würden. Die Botschaft war klar: Diese Tat durfte nicht unbeantwortet bleiben.

Die Angst und Sorge, die unsere Eltern um uns empfanden, waren verständlich. In einer Zeit, in der tragische Ereignisse wie der Vorfall in Solingen die Nachrichten beherrschten, war es nur natürlich, dass sie ihre Kinder schützen wollten. Doch wie mag sich Mevlüde Genç all die Jahre gefühlt haben? Ihre Stärke und Widerstandsfähigkeit sind bewundernswert. Trotz des schmerzlichen Verlusts ihrer Angehörigen und der tiefen Wunden, die dieser Anschlag gerissen hat, hat sie bewiesen, dass die menschliche Seele fähig ist, sich trotz des schwersten Leids aufzurichten. Ihr Wunsch nach Frieden, Respekt und einer diskriminierungsfreien Welt ist ein strahlendes Beispiel dafür, wie aus Dunkelheit Licht entstehen kann.

Es war also auch bemerkenswert, dass unsere Eltern unsere Entscheidung akzeptierten, an der großen Demonstration in Solingen teilzunehmen. Unsere Stimmen erhoben sich im Chor mit denen von anderen jungen Menschen, um gegen Unrecht anzukämpfen und für eine bessere Zukunft einzustehen. Unser Wunsch, ein Zeichen gegen Gewalt, Diskriminierung und Verbrechen zu setzen, fand Resonanz. Hunderttausende Menschen, vereint durch ein gemeinsames Ziel, zeigten, dass die Kraft der Gemeinschaft stärker ist als Angst und Verzweiflung.

In Zeiten wie diesen wird deutlich, wie wichtig Bildung und Aufklärung sind. Die Beseitigung von Vorurteilen und Diskriminierung erfordert ein tiefes Verständnis und die Bereitschaft, offen zu kommunizieren. Jeder Mensch verdient Gleichbehandlung und Würde. Es liegt in unserer Verantwortung, eine inklusivere und tolerantere Gesellschaft aufzubauen – eine Gesellschaft, in der Empathie, Bildung und Dialog den Weg zur Überwindung von Vorurteilen weisen. Nur gemeinsam können wir eine Welt erschaffen, in der Frieden, Respekt und Gerechtigkeit für alle herrschen. Mevlüde Gençs Botschaft des Friedens, Respekts und der Einheit sollte uns alle dazu ermutigen, uns für eine gerechtere und inklusivere Gesellschaft einzusetzen. Indem wir uns von ihrem Beispiel inspirieren lassen, können wir alle dazu beitragen, eine Welt zu schaffen, in der Vorurteile und Diskriminierung keinen Platz haben und in dem Menschen unabhängig von ihrer Herkunft, ihrem Glauben oder ihrer Kultur respektiert werden.

Der Unterschied ist

Şehnaz Dost

Der Unterschied ist: Begriffe der Familie sind das selbstverständlich Gewordene. Großmut liegt darin, Fremden zu erlauben, dich ANA oder TEYZE zu nennen, nach allem. Weil dein Großmut fortbesteht, nennen wir dich noch heute so, werden es immer weiter tun.

Der Unterschied ist: Im heutigen Deutschland kann niemand nicht wissen, was passiert ist. Aber auf alles folgten Hohn und Schweigen, um uns schnell vergessen zu machen.

Der Unterschied ist: Manche von uns wissen, dass es auch unsere Mütter hätte treffen können.

Ich sah die Feuer im Fernsehen, ich kannte die Namen der Städte, ich war zu klein, um ein Verständnis von der Geographie Deutschlands zu haben, ich brauchte es nicht, ich spürte, dass Distanz keine Rolle spielt. Nachts träumte ich, dass gesichtslose Nazis kämen, um uns im Schlaf anzuzünden. Nach den ersten Träumen rannte ich noch den Flur zum Zimmer meiner Eltern entlang, weckte sie, um mich trösten und beschützen zu lassen. Aber dann gewöhnte ich mich an die Angst.

Die Träume haben nie aufgehört, warum sollten sie auch. Stattdessen beschäftigt mich, dass in meinem neuen Wohnhaus kein Feuerlöscher direkt vor der Tür angebracht ist, wie es die letzten neun Jahre der Fall war. Aber der Sprachenmix auf dem Klingelbrett unten beruhigt mich.

Weißt du: Ich bin seit einigen Jahren selbst eine teyze und eine hala, aber offen gestanden weiß ich nicht, wie gut ich mich darin mache, ob ich mir diese Namen verdiene. Einmal teyze, einmal hala. Ein kuzu ist nicht in Deutschland geboren, wächst nicht hier auf. Ein kuzu ist hier geboren, wächst hier auf. Erzählt mir manchmal von Rassismuserfahrungen in der Schule, im Fitnessstudio, beim Warten auf den Bus. Dann suche ich nach annähernd richtigen Worten, sie fallen mir nicht ein, weil ich die Unmöglichkeit dieses Aufwachsens zu gut kenne. Ich hoffe, dass auf den Schmerz wenigstens die Positionierung folgen wird.

Meine Mutter sagte früher, dass man schlechte Träume nicht erzählen darf – so versperrt man ihnen das Wahrwerden. Ich hatte Angst, dass ich schuld bin. Und schließlich sah ich ein, dass ich nicht anders kann, als mich auszusprechen. Nun tätowiere ich die Worte ins Blatt, unsere Version eines Nachlasses zu Lebzeiten ist mir wichtiger als die ewige Angst, selbst wenn das eine kuzu nicht mit Deutsch als Erstsprache aufwächst und mich vielleicht niemals hier besuchen wird, und das andere kuzu geschriebene Worte so langweilig findet, dass es die Wände hochgehen könnte.

TEYZE, vielleicht hast du seit jener Nacht viel zu oft den Gedanken und Sorgen anderer Menschen Gehör geschenkt, in deinem Großmut. Und nun sitze ich hier und erzähle dir, ungefragt. Bitte sieh es mir nach. Es ist ein Versuch, deine Hand zu küssen und an meine Stirn zu führen, dir zu sagen, was du natürlich schon längst weißt: dass du ein Vorbild für uns bist. In deiner Unermüdlichkeit gegen den Hass, die Gewalt, die Respektlosigkeit, das Gewährenlassen, die Wiederholung.

Aber – und ich weiß, dass du auch das natürlich schon längst weißt – der Unterschied ist: Wir werden uns auch wiederholen. Immer und immer wieder. Wir werden ihre Namen sagen, wir werden unseren überlebenden und hinterbliebenen Geschwistern zuhören, ihnen Platz machen. Wir haben das schon vor Jahren versprochen, und der Unterschied ist: Wir halten unsere Versprechen.

In meinem Herzen brennt es

Caroline Zhu

Wie wir erinnern,
dass vor 30 Jahren Rauch in deinem Nachthimmel aufstieg,
an die fünf Menschen, die ihre Geschichte weiterschreiben wollten,
deren Leben genommen wurden,
weil andere sie dafür hassten, dass sie Kapitel auf Türkisch schrieben.

Woher kommst du?
aus Solingen,
glänzende Klingen in den Köpfen der einen,
das riesige Loch im Dach, die fünf Namen bei anderen
eingebrannt ins kollektive Gedächtnis.

Solingen, wie wir erinnern
nie wieder
mit Blumen und inszenierter Präsenz oder
entschuldigter Abwesenheit oder
-
Deine Nächte scheinen ruhig,
doch können hier nicht alle schlafen.

Du weißt um den herrschenden Hass,
die Kontinuitäten,
wie konnte es so weit kommen heißt es,
ein Echo der Empörungschöre, jedes Mal,
Brandmauer heißt es
und sie materialisieren Mauern an den Grenzen,
verhandeln das Unverhandelbare

und nennen es Kompromiss oder Erfolg.

Wenn über den Hass gesprochen wird, dann
als wäre er etwas Diffuses, etwas Unpräzises,
wie Rauch, den wir nicht greifen könnten,
es ist ein Skript der Ohnmacht,
das von vielen mitgezeichnet wurde.

Und du weißt um die anderen Namen,
um Hoyerswerda und Rostock-Lichtenhagen,
die undokumentierten Angriffe, die Narrative:
so gut integriert,
zum Vorzeigen instrumentalisiert,
zur Spaltung unserer Freund*innenschaften,
aber nein, du weißt auch:
wir sind hier gemeinsam im Widerstand.

Wie wir erinnern
stört den Alltag,
und wenn, dann doch bitte ohne Konsequenzen.
Wie wir erinnern
ist Teil davon, wie wir einander berühren,
auf der Straße, laut, im Gedenken, still,
weinend, schreiend, schreibend,
in Trauer, in Wut, Verzweiflung,
wie wir erinnern
kann ich nicht mit nur einem Gefühl beschreiben.

Erinnern heißt verändern,
rufen wir auch am 19. Februar,
heißt sich verbünden,
sich zu verbinden, füreinander zu sorgen,
und sich wahrhaftige Versprechen zu geben.

Solingen, wie wir erinnern
sagt vieles über die Zukunft aus,
du weißt das und
ich frage mich, ob du schon gesehen hast,
was ich befürchte.
Wie wir zusammenleben,
wird von uns gestaltet,
und in meinem Herzen brennt es
aus Zärtlichkeit und Zorn.

Solingen, wir erinnern

Gürsün İnce
Hatice Genç
Gülüstan Öztürk
Hülya Genç
Saime Genç

Mevlüde Genç,
wir kämpfen weiter!

Eingebrannt in mein Gedächtnis

Birgül Demirtaş

Der rassistische und extrem rechts motivierte Brandanschlag in Solingen 1993 liegt jetzt über 30 Jahre zurück. Saime (4), Hülya (9) und Hatice Genç (18), Gürsün İnce (27) und Gülüstan Öztürk (12) überlebten den Anschlag nicht und sind qualvoll ums Leben gekommen.

Für viele Menschen hat der Anschlag vom 29. Mai 1993 mit fünf Toten nicht mehr so eine große Bedeutung, wenn sie denn überhaupt mal bedeutsam war. Vor dem Anschlag war das Leben für viele Deutsch-Türk*innen in Solingen noch ertragbar, auch für mich und meine Familie, obwohl sich in Solingen rassistische und extrem rechte Gewalttaten ereigneten. Wir wohnten nur ein paar Kilometer vom Anschlagsort entfernt. Als damals 19-jährige junge Frau habe ich niemals daran gedacht, dass hier in Solingen, in meiner Geburtsstadt, tatsächlich ein Anschlag verübt wird. Die gesellschaftspolitische Situation in Deutschland wurde zuhause oft thematisiert. Meine Eltern warnten mich und meine Geschwister permanent uns nicht auf Deutsche einzulassen und nicht mit ihnen in einen Streit einwickeln zu lassen. Hier und da erzählten meine Eltern von unterschiedlichen rassistischen Angriffen auf migrantisierte Menschen, die sich in Solingen ereigneten. Hakenkreuze und SS-Runen an Gebäuden und Lebensmittelgeschäften, die von muslimischen Menschen betrieben wurden, waren vor dem Anschlag auf das Haus der Familie Genç in der Unteren Wernerstraße 81 keine Seltenheit.

Der Möllner Anschlag im November 1992, bei dem Yeliz und Bahide Arslan sowie Ayşe Yılmaz ums Leben kamen, hatte sich schon vor dem Anschlag in Solingen ins kollektive Gedächtnis der deutsch-türkeistämmigen Menschen in Solingen eingebrannt. Der Städtename Mölln hing nicht im luftleeren Raum, sondern wurde in vielen deutsch-türkeistämmigen Familien in Solingen thematisiert und hat antizipierte Ängste ausgelöst „als nächstes dran zu sein". Diese beständige Angst vor rassistischen und extrem rechts motivierten Anschlägen, vor allem hier in Solingen bei deutsch-türkeistämmigen Menschen, ist seit dem 29. Mai 1993 tief im Gedächtnis verankert und wirkt auch gegenwärtig im Jahr 2023. Verstärkt hat sich das Gefühl, und vor allem die antizipierten Ängste, vor einem erneuten Anschlag nach dem 20. Oktober 2021, als ein Brandanschlag von einem 14-jährigen weißen Solinger auf ein Mehrfamilienhaus in Solingen, in dem migrantisierte Menschen wohnen, verübt wurde. Die antizierten Ängste haben sich 28 Jahre nach dem Anschlag auf die Familie Genç bewahrheitet. Sie waren nicht umsonst in meinem Gedächtnis. Seitdem ist die beständige Angst intensiver.

Ich habe nicht Angst um mich, sondern vielmehr um meine Familie, meine Kinder, die ebenfalls alltägliche Rassismuserfahrungen machen. Für mich als Betroffene aus Solingen hat die Bedrohung durch die Brandanschläge am eigenen sowie dauerhaften Wohnort eine viel weitgehendere Bedeutung als eine Rassismuserfahrung in einem Kontext, bei denen ich als migrantisierte und rassifizierte Person of Color „nur" zeitlich begrenzt an einen Ort gebunden bin. Für Überlebende und Familienangehörige der Familie Genç bedeutet dies, dass sie einer Dauer-Traumatisierung ausgesetzt sind. Sie sind nicht nur traumatisiert, sondern auch starke Menschen, die seit über 30 Jahren gegen Rassismus kämpfen.

Mevlüde Genç, Mutter, Großmutter und Tante hat es vorgemacht. Sie setzte sich bis zu ihrem Tod am 30.10.2022 für das friedliche Zusammenleben und gegen Rassismus ein. Mevlüde Genç setzte sich nicht nur hier in Solingen ein, sondern streckte ganz Deutschland die Friedenshand aus. Mevlüde Teyze hat ihre Stärke trotz der fünf schmerzvollen Verluste und Trauer in voller Größe unmittelbar nach dem Anschlag gezeigt, als in Solingen Menschen ihre kollektive Wut in Form von heftigen Protesten und Demonstrationen auf den Straßen zeigten.

Die Zeitzeugin Neşe aus Solingen, die damals 16 Jahre alt war, besuchte mit ihrer Familie unmittelbar nach dem Anschlag die Familie Genç, um ihr Beileid auszusprechen und sich mit der Familie zu solidarisieren. Neşe war mit der verstorbenen Hatice Genç damals befreundet und die Familien kannten sich untereinander. In einem Zeitzeug*innen-Interview spricht Neşe 2022 von dem Kondolenzbesuch und erinnert sich an Mevlüde Gençs Worte:

„Wir haben die Familie Genç unmittelbar danach besucht, um unser Beileid auszusprechen und uns zu solidarisieren. Ich erinnere mich sehr gut daran, wie voll das Haus war. Sehr viele türkeistämmige Menschen aus Solingen haben sich mit der Familie solidarisiert, es war einfach unglaublich. Menschen gingen in der schmerzvollen Zeit ein und aus und wollten der Familie Genç beistehen. Auch für alle dort anwesenden Besucher war es schlimm, dort zu sein, weil auch wir Besucher kaum mit dem Schmerz der Familie umzugehen wussten. Alle Anwesenden in den Räumen weinten, wimmerten vor sich hin und saßen erstarrt auf den Stühlen oder saßen einfach auf dem Boden, weil für die Menschenmenge im Haus kein anderer Platz zur Verfügung war. Um vor Trauer und Schmerz nicht die sogenannte Besinnung zu verlieren, sagte Mevlüde Genç zu uns jungen Menschen in dem Raum damals ganz tapfer und weinend: „Verhaltet euch ruhig. Reagiert nicht mit Gewalt auf Gewalt." Sie hat dabei schrecklich geweint und dennoch die Kraft gehabt, uns junge Menschen zu ermahnen, auf den Brandanschlag nicht mit Gewalt zu reagieren. Mir zeigte das eigentlich nur, wie stark Mevlüde Genç war. Ich wüsste nicht, ob ich solche Worte benutzen würde, wenn mir das widerfahren wäre."[1] [...]

Am 26. August 2023 fand in der Wanheimer Straße 301 in Duisburg das Gedenken an die sieben ermordeten türkeistämmigen Menschen statt, die 1984 Opfer eines Brandanschlags wurden. Familienangehörige der Familie Genç waren anwesend.

Aynur Satır, Überlebende des Anschlags, sprach auf der Bühne von Trauer und Schmerz, die nicht verheilen und das jahrzehntelang allein gelassen worden sein von Seiten der Gesellschaft und Politik. Türkan Genç sagte mir, als sie Aynur Satırs Worte hörte:

„Ich wünschte, meine Mutter hätte die Familie Satır und Turhan vor ihrem Tod kennengelernt. Glaube mir Birgül, meine Mutter hätte die Familien nicht alleine gelassen und sich um sie gekümmert und sie beschützt. Hätten die Familien sich vorher gekannt, hätten Familienmitglieder sich vielleicht nicht so allein gefühlt. So wie ich meine Mutter kenne, hätte sie Aynurs Wunden versucht ein wenig zu heilen. Auch wenn diese Wunden niemals verheilen werden".

Mevlüde Genç bleibt mehr als diese Worte in Erinnerung.
Solingen, 30.08.2023

---

[1] Birgül Demirtaş, Adelheid Schmitz, Derya Gür-Şeker, Çağrı Kahveci: Solingen, 30 Jahre nach dem Brandanschlag: Rassismus, extrem rechte Gewalt und die Narben einer vernachlässigten Aufarbeitung (transcript Verlag, 2023: https://www.transcript-verlag.de/media/pdf/c6/82/57/oa9783839464977.pdf)

stille, schweigsamkeit, staatsversagen

Gözde Teper

das durchbrechen von stille
ist magisch, mensch vereint sich
nicht länger tragisch indem er
stille durchbricht,
wenn er nachts, im dunklen, vor sich spricht:
„ich denke – also bin ich“

das durchbrechen von stille –
der moment, in dem mensch seine
menschlichkeit zeigt
wird oft missverstanden,
der mensch ist weder dafür gemacht
alleine zu leiden
noch alleine zu weinen

der mensch, ein gesellschaftswesen
hat durch staat
kein menschliches leben
da er lebt – ohne verstand
im stetigen konsum, ohne vernunft
unwissentlich, dass staatsapparat
alles mögliche versucht
dass mensch bleibt im unbewusstsein

ich bin hier, um zu erinnern
jeder hat recht, sich mitzuteilen
zeit zerrinnt wie sand, zwischen den fingern

ist der mensch seiner menschlichkeit bewusst
da jeder für sich selbst im kern notgedrungen versucht
auch wenn der mensch der neuzeit in sich zusammenfällt
weil er nachts alleine leidend sich zwingt, sein leben zerrinnt
weil ihm fehlt – verständnis

unser ursprung jedoch befindet
sich im universum
der gedanke, das empfinden: echt, auch wenn unvertraut
jeder mensch hält inne, ein stück sternenstaub
nur der ist mensch, der auf menschlichkeit vertraut
stille durchbricht, auch wenn unerlaubt
namen schreit laut,
da sie liegen im bewusstsein
ich bin mensch – ich weiß, der hinterbliebene ist ausgelaugt

wehe dem, der übersieht, dem der in seiner
schweigsamkeit weiterzuleben pflegt
ich durchbreche stille,
erst wenn es sich lohnt zu reden

mensch war ich, meine menschlichkeit verkannt
in einer welt, die mein wesen nie verstand
in einer welt, die nie für sich selbst geradestand
aber es existiert die antike,
der mensch – sein bewusstsein – ein ziel
nur der Ewige, vor dem mensch kniet

jedes wesen kniet vor mensch, sogar die engel
auch wenn moderner mensch inzwischen damit beschäftigt ist
vor sich selbst wegzurennen

aber ich bin hier – um zu erinnern,
an das stück wahrheit
die jeder in sich hält, auch wenn zerfällt,
das letzte bisschen achtsamkeit
ich bin hier, um zu erinnern:
mensch ist nicht gemacht, um alleine zu leiden
also lasst mensch endlich menschlichkeit walten
auch unter staatsgewalt – miteinander beisammenstehen
nicht wegsehen, wenn staat mit machtapparat
gewalt ausübt, unser augenlicht betrübt, uns überlistet – betrügt, geblendet
durchbreche die stille, indem ich spreche:
hanau – münchen – halle
keine einzeltat, dies war staatsversagen
staat mordet, wird freigesprochen
staat schmückt sich mit mandaten
das blut was ist vergossen, übersiehst, überspielst, verkennst du

aber ich bin hier, um zu erinnern;
durchbreche, indem ich spreche:
kassel – köln – eisenach
der mensch ist nicht dazu gemacht,
wozu vaterstaat abzielt – und das ist menschheitsverrat
die opfer waren menschen, vergessen werden sie nie

mensch ist gemacht, um zu lieben
nicht zu agieren, als machtapparat
es scheint, ich bin erwacht – die welt im tiefschlaf,
ein tiefschlag, denn sie liegen in seelenruhe verlassen von vernunft,
tief im staatsversagen in
morpheus armen, dienen vaterstaat als werkzeug

ich bin hier mit blatt und stift
damit mensch – seine menschlichkeit nicht vergisst
auch wenn staatsinstrumente uns voneinenader systematisch trennt
menschen auf knie zwingen
stille einfordert, bin ich der, der spricht
düsseldorf – mölln – solingen

ausdruck von staatsgewalt
ist derselbe grund für menschlichen freiheitsdrang
stille durchbricht, wenn staat fordert – schweigeminute
der staat fordert in gewohnheit seine jährlichen tribute
bin hier, um zu erinnern, mensch beruht auf seiner trägheit
- des überlebenswringend
dabei ist der einzig zu beschreitende weg –
selbstbegegnung – das ziel glückseligkeit, mensch ist letztendlich
auch wenn endlich, geboren
um frei zu sein
im einklang mit seinem bewusstsein –
deutschland bleibt seinem untergrund treu,
ich der menschlichkeit;

der staat fordert mit all seinen machtapparaten stille;
menschheit schweigt, ich durchbreche, indem ich schreibe:
dies war staatlich-motiviert rassistische gewalt
tragödisch, als einzeltat verkannt

der staat fordert ein, stille
ich bin mensch, mich unterscheidet mein wille
ich sprech, durchbrech, staatstücken
ich sprech, durchbrech – staatsrücken
ich vergesse nie – staatstherapie

all die morde, die staat hat mitbegangen
als einzeltat verkannt – eine gemeinsamkeit
wie kann etwas gemeinsames bloß einzeln sein?

deutschland bleibt seinem untergrund treu
ich der menschlichkeit
dies sind tatsachen, die staat leugnet
spreche und erinnere in achtsamkeit
an menschen, die uns genommen wurden
durch staatsgewalt – lebewesen ohne vernunft
von staatswesen, ohne individuelles leben
davon überzeugt, dem staat ein werkzeug
dass leben gemacht ist, um von staatsrecht gebrauch zu machen
ich entzünde staat, sehe staat in flammen,
das gewissen – das bewusstsein – in ketten gelegt durch paragraphen
und staatsrecht

der mensch, im zwiespalt, im moralischen gefecht

geblendet von paragraph, glaubt mensch
staat wär echt, verkennt, dass
staat verbreitet verbrechen, staatsversagen, ungerechtigkeit
wie kann mensch der neuzeit nachts
bloß in den schlaf fallen?
wenn NSU-Akten immer noch im unbekannten verweilen
wie kann staat auf fakten hinweisen
derselbe staat, der sich mit justizia ziert
die wahrheit kaschiert,
indem er hält akten – zensiert

ich bin hier um zu erinnern, stetig
die toten leben ewig
dieser staat zum scheitern verurteilt
da ermordete durch unser erinnern unter uns weilen
für immer in unserem bewusstsein

lasst can fußballer sein,
ich sehe mercedes im kerzenschein,
die gegangenen im kerzenlicht,
ein alternativuniversum – dass durch rechtsstaatrealität zerbricht
lasst mehmet seinen kiosk auf der mallinckrodtstraße,
in meinem kopf – aufrichtige fragen
ob jemand auch nach menschlichkeit trachtet
schmerz muss verarbeitet bleiben

der mensch darf nicht in schmerz verweilen

in meinem kopf, aufrichtige fragen,
ob jemand mit mir beobachtet, menschheitszerfall
es sind namen die fallen –
aber familien, die in sich zusammenfallen
des schlafs beraubt,
ihnen wurde durch vaterstaats hand
ein stück zukunft geraubt

dies ist für NSU – Dönermorde
unterrichtet an schulen,
schule – ein staatsinstrument
dass kind selektriert, abweichend von norm definiert,
ein ort, der sich mit bildung ziert

ich bin hier – um zu erinnern,
dieses leben zerinnt zwischen den fingern,
alles bloß ein atemzug
jeder moment – möglicher abzug
lasst uns erinnern, am meisten in verzweiflung
dass heilung möglich, lichtbringend, hingebend ist
erinnern, an den – der alles vereint
damit ist jeder mensch mit menschlichkeit gemeint

der, der nicht lässt, alleine weinen
da er weiß, dieses leben ein test

ob man einsteht, gegen ungerechtigkeit
jeder hat seine art,
der staat ist attrappe,
zu schreiben ist meine waffe
der staat, der einfordert
ist letztendlich derselbe staat, der mordet
daraufhin verkennt,
danach behauptet: nie wieder
während die guillotine fällt, mensch enthauptet
paragraph eins wegfällt, der menschenwürde beraubt
auf entzug, stationär, dieser staat ist nur illusionär
während mensch notgedrungen sucht, nichts findet
flüchtet in realitätsferne – da er glaubwürdigkeit schenkt
staatsgrenzen

verkennt, dass jeder mensch im kern gleich ist
- das menschliche gewissen, menschliches verkümmern
aber öffnet mensch augen, sieht er
voller staunen – nur der staat liegt in trümmern
da staat eigentlich nicht echt ist,
vergessen wurde zu hinterfragen,
die staatslist von der ich berichte
bleibt eigentlich nur eine liebesklage

denn ich wünschte ich müsste nicht schreiben,
nicht schreien – all die unzähligen namen
alle in einer gemeinsamkeit vereint – ihre ermordung,

durch staatshand, kaltblütig als einzeltat verkannt
eine nation, die schweigt, staat agiert in ungerechtigkeit
ungerecht, nie etwas, was ich vertrat
dieses leben ein test – überall ist kerbela
die kugel, die meinen nächsten trifft,
lässt mein blut fließen,
auch wenn die wunde bleibt unsichtbar – ich trage sie an meiner hauptschlagader
der staat lässt blut vergießen – fordert ein stille,
ich spreche, indem ich durchbrech,
ich bin mensch, gerecht, lebensecht,
der staat fordert in gewohnheit stille –
ich spreche: ich bin meine seele,
bin mensch, weil ich denk'
und erinnere in stille:

ich bin mensch
mich unterscheidet mein wille

Mevlüde
Hanna Attar

Mev- lü- de- Neugeboren.

Neugeboren nach 1945 - Deutschland.
Dachte ich.
Dachten wir.
„Nie wieder" sagen sie.
Doch nach jedem „nie wieder" folgt ein „immer wieder" - sagt Özlem Genç.

Genç - Jung, jugendlich.

Jung und jugendlich waren die neun Menschen, die 16 Jahre nach Solingen in Hanau ermordet wurden.
Gleiches Motiv, gleicher Hass, gleicher Rassismus.
Und wieder „nie wieder".
Jung und jugendlich ist Özlem Genç stehend vor 600 Menschen,
ermahnend, voller Schmerz, verzweifelt.
Wie kann das sein?
Warum muss ein junger Mensch die Gesellschaft ermahnen?

20% AfD.
Antisemitismus, Anti-Schwarzer Rassismus, Antiziganismus, antimuslimischer Rassismus, Trans- und Queerfeindlichkeit -
akzeptiert von 20%.
Das neugeborene Land.
Ich habe Angst.
Angst um die kopftuchtragende Frau im Bus.
Angst um den Kippa tragenden Mann auf dem Weg zum Sport.

Angst um Hamza in der Shisha Bar.
Angst um den Schwarzen Bruder,
der zum dritten Mal in diesem Monat kontrolliert wird.
Wer schützt diese Menschen, wenn es unser Staat nicht macht?
Mevlüde.
Neugeboren 1993?
Neugeboren.
Voller Schmerz, voller Leid - nachdem fünf Menschen brutal und voller Hass aus ihrer Familie gerissen wurden.
Neugeboren, um den Schmerz in Geduld und Liebe umzuwandeln.
Neugeboren, um ein Vorbild für die deutsche Mehrheitsgesellschaft,
für die Politik zu sein.

Doch wessen Aufgabe wäre es gewesen, ein Vorbild zu sein?
Wäre es nicht Aufgabe der Mehrheitsgesellschaft gewesen?
Stattdessen ständige Diskussionen darüber, ob der Islam zu Deutschland gehört,
über „arabische“ Clans, über die Gefahr der Einwanderung -
immer und immer wieder.
Immer und immer wieder müssen wir uns rechtfertigen, erklären, um zu etwas dazuzugehören, was wir schon längst sind. Ein Teil von hier.
In der Zeit, in der wir uns erklären, wachsen und erstarken die rechten Parolen und schleichen sich in die Mitte unserer Gesellschaft - unbemerkt.

Mevlüde Genç wurde 1993 auf schmerzvolle Art und Weise neugeboren, um Frieden zu stiften, um unsere Demokratie, auf die wir so stolz sind, hochzuhalten.
Sie war nicht nur eine Friedensbotschafterin, sondern eine wahre Demokratin voller Liebe, voller Weisheit, voller Stärke.

Mevlüde Genç war eine Heldin,
Ihre Familie ist heldenhaft.
Doch was ist mit uns?

Taubheit

İrem Demirci

Ich bin nicht aus Solingen
Weder kenne ich den Verlauf der Straßen
Noch den Besitzer vom Kiosk nebenan
Ich kenne keine Schule, keine Nachbar:in,
Noch nicht mal einen Supermarkt.
Ich weiß nicht, wo es das beste Pide gibt,
Wann ich losgehen muss, um den Bus zu bekommen.
Überhaupt welcher Bus wohin fährt.

Ich bin nicht aus Solingen
Ich war nie aus Solingen,
ich werde nie aus Solingen sein.
Und dennoch fühle ich den Schmerz
gestern, heute und morgen.

Diese Bewegungslosigkeit von Emotionen
Die Taubheit der Fassungslosigkeit,
die Schärfe der Wut,
welche meine Mimik durchzieht.
Ich fühle den Schmerz,
welcher mich von allen Seiten umgibt.

Ich bin nicht aus Solingen,
aber Solingen ist ein Teil von mir.

Aufstand

Wie ein Gerüst
Halten uns
Unser Aufstand
Aufrecht
Gegen Unrecht
Ein Gefecht
Aus Worten

31 Fragmente für Mevlüde hanım

Leyla Sophie Gleissner
Übersetzung und Transkription: Autorin, Yorum Tuzcu

1

Mama, erinnerst du dich? *Annecim*, wie ich dich nie nannte.
Das Wort genommen, mir.
Vielleicht jetzt?

2

„Sag mal, erinnerst du dich an den Anschlag von Solingen?
Es ist jetzt der Jahrestag."

„Klar

Ja

Bin mit dir zum Protest gegangen"

„Woran erinnerst du dich?"

„Du warst als Baby oft in Demos

Es war eine Atmosphäre der Angst unter Türken“

„Am Tag meiner Geburt gab es Pogrome.“

„Im ganzen Jahr
Hoyerswerda“

3

Nicht gestorben, weil sie Türkinnen sind, nein.
Gestorben weil die anderen Menschenverächter sind.
Menschenverächter sind die, für die ein Leben weniger zählt
als das Umschlagen des Sekundenzeigers. (Solistin)

Menschenverächter sind die, für die ein Leben weniger zählt
als das Umschlagen des Sekundenzeigers.
Deshalb gestorben, deshalb (Chor)

4

Nein, kein Grund für den Tod, nein.
Ein Grund ist wie ein Sinn, aber da ist ja nichts,
da ist ja einfach nichts als (Solistin)

5

Wie nicht verzweifeln? (Chor)

6

Wie nicht verzweifeln,
Mevlüde hanım?

Sie haben immer geantwortet immer,
auf jeden Ruf, jeden Ausschrei, jedes Zittern,
jedes Zittern der Eiche, jeden Ruf,
wie behutsam, wie müde, wie

Sagen Sie mir doch, sagen Sie mir doch wie (Solistin)

Wie nicht verzweifeln? (Chor)

7

„Ich möchte, dass in dieser hellen, lichten Welt, jeder Mensch lebt wie er es möchte. [...] Lasst uns diese helle Welt nicht zu einem Kerker werden lassen.“ [1], sagte sie. (Solistin)

Ihre Worte wie Honig auf unseren aufgesprungenen Lippen. (Chor)

8

Aber am Tag deiner Geburt gab es Pogrome. (Solistin)

Im ganzen Jahr. (Chor)

9

„Ich hoffe, dass die überleben, die die Nacht überlebt haben.“ [2], sagte er. (Solistin)

Und das soll unsere Hoffnung sein?, fragen wir. (Chor)

10

„Yaşamak o kadar tatlı, o kadar güzel. Ama ben yaşayamadım.
Das Leben ist schön. Das Leben ist süß.
Ich aber habe das Leben nicht leben können.
In einer hellen Welt lebte und lebe ich im Dunkeln.
Und ich wünsche, dass Gott diesen Schmerz niemand anderen erleiden lässt.“[3],
sagte sie. (Solistin)

11

Annecim, wie ich dich nie nannte.
Sag doch, worüber würdest du schreiben.

12

„‚In Solingen gibt es kein rechtsextremes Potential.
Solingen ist eine liberale, weltoffene Stadt [...]
– ich bitte Sie zu bedenken, dass erst geklärt werden muss, ob diese Täter überhaupt Solinger sind.'"[4], sagte er (Solistin).

Wie nicht verzweifeln? (Chor)

13

„Worüber würdest du schreiben, um der Opfer von Solingen zu gedenken?"

„Über die Kraft, hier zu leben, trotz so viel Destruktives, das sie erlebt haben. Die Täter sind alle frei"

14

Solingen. Klingenstadt! (Chor)

15

„Lasst uns wie Geschwister leben."[5], sagte sie. (Solistin)

„Wie aber?" und „Trotz allem?", fragen wir. (Chor)

16

Fünf Kastanien, dort, wo eure Körper nie aufgebahrt werden durften, dort wo
(Solistin)

Wachsen Kastanien in Türkiye? (Chor, fällt ein)

In unserem Garten wachsen Bitterorangen,
wenn nur niemand sie zu pflücken kommt, dann
dann säumen sie die rote Erde, und
die Gekkos kommen schauen, und
und es verzieht sich Nenes Stirn,
und dann die Stimme, die (Solistin)

Wachsen Kastanien in Türkiye? (Chor, fällt ein)

17

Wir alle gehen im Leichentuch. (Solistin)

Alle außer die, denen das Leichentuch genommen. (Chor)

18

„Sein Regierungssprecher [...] verwies auf die ‚weiß Gott anderen wichtigen Termine', des Kanzlers. Man wolle schließlich nicht ‚in Beileidstourismus ausbrechen'"[6], sagte er.

„Ruhe!", sagen wir (Chor, fällt ein).

19

Ich wünsche Ihnen Ruhe, endlich Ruhe, und doch, und doch rufe und rufe ich wieder nach (Solistin)

Ihr Blick spricht die Wahrheit, die uns hier unten schon so lange abhanden gekommen ist. (Chor, fällt ein)

Ihr Blick streift die Schuldigen nicht (Solistin)

Zu stark das Licht, zu stark das Licht, Ihrer Augen (Chor)

20

„Diese Welt ist eine leere Welt, wenn Sie in Ihrem Heim keine Ruhe und keinen Frieden finden.“[7], sagte sie (Solistin)

21

Ihnen eine Stätte bauen. (Chor)

Ihnen einen Garten pflanzen. (Solistin)

22

Aber wie pflanzen dort, wo sie das Leben ersticken, immer und immer wieder?

(Solistin)

Was gedeiht auf dem toten Boden dieses Landes in Verdammung? (Chor)

23

Wie schön es wäre, ach könnten wir, ach könnten wir doch nur

über Bäume sprechen,

über Kastanien vielleicht, die nicht den Tod bedeuten. (Solistin)

24

Wie nicht verzweifeln? (Chor)

25

Allein und frei wie ein Baum zu leben
und geschwisterlich wie ein Wald (Solistin)

Yaşamak bir ağaç gibi tek ve hür
ve bir orman gibi kardeşçesine[8] (Chor)

26

Wie ein Wald. (Chor)

Wie ein Garten. (Solistin)

27

„Türkiye'de doğdum, Almanya'da doydum.
In der Türkei bin ich geboren, in Deutschland aber bin ich satt geworden",
sprach sie
und der Satz wuchs von meinem Ohr in die Hand
und gedieh in meiner Erinnerung
wie ein Garten.[9] (Solistin)

28

Wie ein Garten. (Solistin)

Wie ein Baum. (Chor)

Ağaç gibi. (Solistin)

29

„vier Personen, die mein Heim für meine Kinder zum Grab machten."[10], sagte sie (Solistin)

Für Mevlüde hanım sind alle eine Person.
Sogar die, die (Chor)

Ja, aber wie denn jetzt nicht verzweifeln? (Solistin, fällt ein)

So, sagte sie: „Auf dass wir alle wie Geschwister zusammenleben."[11], sagte sie so. (Chor)

„Kardeş olarak yaşayak.“[12], sagte sie. (Solistin).

„*bir orman gibi kardeşçesine*“[13], sagte er. (Chor)

„*geschwisterlich wie ein Wald*“, sagte er. (Solistin)

30

Başım köpük köpük bulut, içim dışım deniz,
ben bir ceviz ağacıyım Gülhane Parkı'nda,
budak budak, şerham şerham ihtiyar bir ceviz.
Ne sen bunun farkındasın, ne polis farkında.[14] (Chor)

Mein Kopf eine schaumige Wolke, mein Innen und Außen ein Meer
ich bin ein Walnussbaum im Gülhane-Park,
Knorrig knorrig, rauh rauh, ein alter Walnussbaum
Du merkst das gar nicht, und auch nicht der Polizist.[15] (Solistin)

Ne sen bunun farkındasın, ne polis farkında.[16] (Chor)

Du merkst das gar nicht, und auch nicht der Polizist.[17] (Solistin)

31

Wie aber, aber wie, aber wie denn nicht verzweifeln? (Chor, Solistin)

Aber, sie sagte, sie sagte doch:
„Meine Kinder, meine Nachfahren möchte ich Ihnen anvertrauen.“[18], sagte sie.
(Solistin)

Also, also sagen wir:
„Und wie wir sie behüten werden! Ein Gelöbnis, ein Versprechen.“, sagen wir.
(Chor)

„Ein Gelöbnis, ein Versprechen! Ein Gelöbnis, ein Versprechen!“, sagen wir. (Chor, Solistin)

Die Autorin dankt Yorum Tuzcu für dessen Unterstützung bei der Transkription
sowie der Übersetzung türkischsprachiger Textteile: „çok merci“.

[1] Mevlüde Genç: „Diesem Hass muss Einhalt geboten werden.", https://www.dw.com/de/mevlüde-genc-diesem-hass-muss-einhalt-geboten-werden/video-43981382 (aufgerufen am 03.07.2023).

[2] Johannes Rau, damaliger Ministerpräsident NRW, interviewt in: Lokalzeit Bergisches Land, WDR, „Brandanschlag Solingen: Was geschah am 29. Mai 1993?", https://www.tagesschau.de/inland/regional/nordrheinwestfalen/wdr-brandanschlag-solingen-100.html (aufgerufen am 03.07.2023).

[3] Mevlüde Genç: „Diesem Hass muss Einhalt geboten werden."

[4] Gerd Kaimer, Solingens damaliger Bürgermeister, zitiert in: Monika Köpcke: „Der Brandanschlag in Solingen", Deutschlandradio, https://www.deutschlandfunk.de/vor-25-jahren-der-brandanschlag-in-solingen-100.html (aufgerufen am 03.07.2023).

[5] Mevlüde Genç: „Diesem Hass muss Einhalt geboten werden."

[6] „Kanzler Kohl weigerte sich, zur Trauerfeier zu gehen", in: Süddeutsche Zeitung, 29. Mai 2013, https://www.sueddeutsche.de/politik/brandanschlag-von-solingen-1993-rechtsextremismus-1.1683458-2 (aufgerufen am 08. Juni 2023).

[7] Mevlüde Genç: „Diesem Hass muss Einhalt geboten werden."

[8] Nâzim Hikmet: „Davet", Text und Übersetzung von „Einladung" in: Die Luft ist schwer wie Blei, S. 113 (Original S. 112); Dağyeli Verlag, Berlin 2022. [Übersetzung abgeändert]

[9-12] Mevlüde Genç: „Diesem Hass muss Einhalt geboten werden."

[13] Nâzim Hikmet: „Davet".

[14-17] Nâzim Hikmet: „Ceviz ağacı", Text und Übersetzung von „Der Walnussbaum" in: Das schönste Meer ist das noch nicht befahrene, S. 175 (Original S. 174), Dağyeli Verlag, Berlin 2017. [Übersetzung abgeändert]

[18] Mevlüde Genç: „Diesem Hass muss Einhalt geboten werden."

Kein Vergeben

Merve Şahin-Yılmaz

Kein Vergeben!
Kein Vergessen!

Nachtragend? Nein!
Aber Vergeben fällt mir immer schwerer
wenn die Liste der zu gedenkenden Namen
länger
länger
und länger wird

Solingen 1993 (5)
Gürsün İnce
Hatice Genç
Gülüstan Öztürk
Hülya Genç
Saime Genç

NSU 2000-2006 (9)
Enver Şimşek
Abdurrahim Özüdoğru
Süleyman Taşköprü
Habil Kılıç
Mehmet Turgut
İsmail Yaşar
Theodoros Boulgarides
Mehmet Kubaşık
Halit Yozgat

Vergeben fällt mir immer schwerer

München 2016 (9)
Armela Segashi
Can Leyla
Dijamant Zabërgja
Guiliano Josef Kollmann
Hüseyin Dayıcık
Janos Roberto Rafael
Sabina Sulaj
Selçuk Kılıç
Sevda Dağ
Vergeben fällt mir immer schwerer

Hanau 2020 (9)
Vili-Viorel Păun
Sedat Gürbüz
Fatih Saraçoğlu
Ferhat Unvar
Gökhan Gültekin
Mercedes Kierpacz
Kaloyan Velkov
Hamza Kurtović
Said Nesar Hashemi
Vergeben fällt mir immer schwerer

Weitere nicht weiß gelesene Menschen

Das hätte auch mich oder meine Familie treffen können

Dönermorde
Shishamorde
Haben sie gesagt
„Türken-Mafia schlug wieder zu"
„Dummer Jungenstreich"
Haben sie gesagt

Einzelfälle
Einzeltäter
Psychopathen
Haben sie gesagt

Nein! Rechtsextremismus
Menschenfeindlichkeit
Rassismus
Ja das Wort mit R
Rassismus gibt es noch heute in Deutschland

Von authentischer Aufklärungsarbeit keine Spur
„Wie kann man sich in Solingen nicht integriert fühlen?"
Sagt sich leicht als
weißer
christlicher
privilegierter
Mann

Aber frag mal die Schwarzen Frauen
Die arabisch gelesenen Männer
Die Frau mit Kopftuch

Hautfarbe, Haarfarbe, Kopfbedeckung oder der Name
Kein Accessoire, welches leicht abzulegen ist,
Identität
Ständig hinterfragt
Wenn dir die Zugehörigkeit stets abgesprochen wird
Wo kommst du her?
SOLINGEN
Nein, wo kommst du eigentlich her?

Racial Profiling
Institutioneller Rassismus
Alltagsrassismus überall
Auch in der Schule ohne Rassismus

Was ist Authentizität?
Anerkennung und Wertschätzung
Von sprachlicher und kultureller Vielfalt
Von migrantischer Expertise
Solingen ist bunt statt braun
140 Nationen – eine Stadt?
Aber wo ist die kulturelle Repräsentanz?
In Chefetagen
und Schulen

Nicht einmal im Rathaus
in dieser Stadt
des weltbekannten rechten Anschlags
sind migrantische Menschen stark vertreten

Versöhnung
Ich soll mich versöhnen?
Mit demjenigen, der mit mir gebrochen hat?
Mit demjenigen, der mir Unrecht tat?
Das werde ich, solange ich Authentizität spüre!
Und solange ich das nicht spüre
kämpfe ich weiter!

Erinnern heißt Kämpfen –
Kämpfen, um zu verändern

zeit in zwei gebrochen

Sofia Eleftheriadi-Zacharaki

Solingen, 1993

ein abgebranntes haus,
in dem die trauer leise schleicht.

wehret den anfängen?
nie wieder?

hieß wachsam sein,
zeichen zu deuten,
einander zuzuhören,
füreinander einzustehen,
gegen ungerechtigkeit aufzustehen.

wie könnt ihr von *anfängen* sprechen?
wie könnt ihr von einem *nie wieder* sprechen?
wenn ein ende nie in sicht war.
wenn das wieder
zu einem schon wieder
und einem immer wieder wurde?

mahnungen bis heute ungehört,
warnungen bis heute unbeachtet.

taten sprechen lauter
als worte.

allein, mevlüdes versöhnliche worte in unseren köpfen ,
aber wohin mit dieser wut im bauch?
dass der hass nicht in eingang in unsere herzen findet,
ist unsere einzige hoffnung.

Solingen, 2023

wo einst fünf zukünfte blühten,
ragen fünf kastanien empor.
und unser widerstand ebenso.

Nelken im Bauch

Yasemin Altınay

Ich hab Nelken im Bauch und sehe, du trägst sie auch in dir, wie der Spätiverkäufer von nebenan, wie die Frau mit dem goldenen Schmuck, den ich auch so gerne trage, wie der Großvater, der seinen Kindern Wassermelone zum Nachtisch mitgebracht hat. In der U-Bahn sehe ich sie, und fühle mich dadurch sicher, setze mich am liebsten direkt daneben. Ich höre Nelken durch Musik, die mich durch den Tag trägt. Die Nelken waren immer da, anfangs rührten sie sich wenig, dann immer mehr, sie fingen an sich zu schütteln, und ich hab Bauchschmerzen bekommen. Ganz schlimm war es nach dem 19. Februar und ich bin froh, dir muss ich nichts erklären, ich danke dir dafür. Denkst du auch, die Blumen haben sich an diesem Tag ein bisschen mehr miteinander verbündet? Es tut gut, diese Verbundenheit zu spüren. Wenn du denkst, dass ich es ohne dich schaffe, glaub mir, dann irrst du dich. Ich brauche dich, auch wenn wir kein Wort miteinander wechseln. Auch wenn wir uns nicht kennen.

Im April habe ich eine Nachricht erhalten, und mich geehrt gefühlt, gleichzeitig dachte ich mir, diesem Projekt werde ich nie gerecht und hatte großen Respekt. Im Prinzenbad lauschte ich den Sommer über deinen Liedern, habe sie gesammelt und fühle mich wieder und wieder sicher, wenn ich sie höre. Nun ist schon Herbst, und es fiel mir schwer, die emotionale Arbeit an dieser Dankesschrift, du kannst es sicher erahnen. Von außen sieht alles so einfach aus. Es ist viel Zeit vergangen, die politische Lage schwer zu ertragen, es fing schon gleich im neuen Jahr damit an, du und ich, wir kriegen einfach keine Pause.

Ich hoffe, die Zeilen des Buches helfen, dich gesehen zu fühlen. Ich sehe dich, deine Mühen, auch wenn du müde bist. Wenn du Hilfe brauchst, sag es mir. Ich möchte, dass du dich sicher fühlst. Mely Kiyak schreibt, es ist alles gesagt, wir sind gerade Zeitzeugen und ich denke, ja, das stimmt. Die Mütter und Väter der Verstorbenen, die Angehörigen, du und ich, was sollen wir noch sagen? Ich hab Nelken im Bauch, das fühlt sich manchmal richtig bestärkend an, an einigen Tagen möchte ich sie mir nur rausreißen und nichts von ihnen spüren. Du und ich, wir sind aber nicht allein: »Wir sind zwar tausend Kilometer voneinander entfernt, aber ich fühl mich dir gerade so verbunden.«

»Birbirimize her şeyi veremeyiz ama en azından sevgi verebiliriz.«, sagte Mevlüde Genç damals. Ich nehme mir ihre Worte zu Herzen und möchte dir das zum Schluss mit auf den Weg geben, ein bisschen Liebe, für deine Nelken im Bauch.

Biografien

Yasemin Altınay

Yasemin Altınay ist ausgebildete Verlegerin und Literaturwissenschaftlerin aus Berlin. Seit 13 Jahren widmet sie sich der Buchbranche: unter anderem als freie Lektorin, Herstellerin, Gestalterin und Geschäftsführerin. 2019 gründet sie während ihres Studiums der Angewandten Literaturwissenschaft den Literarische Diverse Verlag. Seit 2023 ist sie Jurymitglied des Deutschen Verlagspreises.

Hanna Attar

Hanna Attar hat Islamwissenschaften, Politikwissenschaften sowie Religionen, Dialog und Bildung in Hamburg studiert. Von 2015 bis 2019 leitete sie in Solingen das Projekt „Nicht in meinem Namen! Gemeinsam gegen Diskriminierung, antimuslimischen Rassismus". Seit 2020 arbeitet sie bei CLAIM - der Allianz gegen Islam- und Muslimfeindlichkeit in Berlin.

İrem Demirci

İrem Demirci geboren 1999, ist eine Dichterin und Aktivistin aus Köln. Sie hat Sozialwissenschaften, Englisch und Bildungswissenschaften in Köln und London studiert. Ihre Artikel wurden bereits in verschiedenen Magazinen veröffentlicht und sie hat einen Podcast über Feminismus, Frieden und Sicherheit produziert. Sie setzt sich in ihren Arbeiten mit der postmigrantischen Perspektive, sozialer Ungleichheit, Macht, Widerstand und Wut auseinander.

Birgül Demirtaş

Birgül Demirtas, Zeitzeugin des Solinger Brandanschlags, studierte Sozialpädagogik/Soziale Arbeit sowie Empowerment Studies. Ihre Schwerpunkte sind u.a. Rassismus(-kritik), rechte sowie rassistische Gewalt aus der Betroffenenperspektive und antimuslimischer Rassismus. Im Rahmen von Re_Struct (IDA-NRW) veröffentlichte sie rassismuskritische schulische und außerschulische Bildungsmaterialien zum Solinger Brandanschlag und publiziert zu rassismuskritischen Themen, insbesondere zum Solinger Brandanschlag.

Şehnaz Dost

Şehnaz Dost lebt in Köln. Studium der Germanistik und Komparatistik in Tübingen sowie der Medienkulturanalyse in Düsseldorf. 2019 belegte Şehnaz Dost den ersten Platz beim Förderpreis der Kölner Literaturtage, im Folgejahr war sie Stipendiatin der Autor*innenwerkstatt Prosa im Literarischen Colloquium Berlin. Im Frühjahr 2024 erscheint ihr Debütroman "ruh" im Ecco Verlag.

Sofia Eleftheriadi-Zacharaki

Sofia ist gebürtige Solingerin und von früh an politisch in der Stadt engagiert. Sie hat ihren Master of Education in Aachen absolviert. Im Projekt „Leonardo" der RWTH Aachen hat sie zu den Themen Fake News, Antisemitismus und Neue Rechte gearbeitet. Seit 2022 ist sie politische Bildnerin mit den Schwerpunkten Antirassismus und Antidiskriminierung. Sie hat den Solinger Verein BIPoC Voices e.V. und den Verein BIPoC Aachen e.V. mitgegründet sowie die auf humane Bildung ausgerichtete AXION-Akademie. Seit 2015 ist sie im Fluchtkontext involviert und befindet sich seit 2023 auf Lesbos, wo sie für zwei NGOs arbeitet und für people on the move Empowermentworkshops anbietet.

Leyla Sophie Gleissner

Leyla Sophie Gleissner ist Doktorandin der Philosophie an der École Normale Supérieure in Paris und wissenschaftliche FWF-Projektmitarbeiterin an der Universität Wien. Sie beschäftigt sich auf vielfältige Weise mit den Möglichkeiten wie den Grenzen von Sprache im Kontext von Trauma und Überleben. Veröffentlichungen auch in Wissenschaft und Journalismus (Veröffentlichungen u. a. bei „10 nach 8“, ZEIT Online und dem Philosophie Magazin).

Maryam Sabri

Maryam Sabri ist Zeitzeugin des Solinger Brandanschlags. Als Kunstfotografin arbeitet sie frei nach dem Motto „Je schlichter, desto schöner“ und lässt Betrachter*innen die Bilder durch eigene Augen sehen und interpretieren. Seit 1995 engagiert sie sich für das Friedensdorf und begleitet Kinder bei ihren Krankenhausaufenthalten. Gemeinsam mit weiteren engagierten Menschen hat sie den Solinger Verein BIPoC Voices e. V. gegründet. Sie arbeitet in der politischen Bildungsarbeit als Antidiskriminierungs- und Antirassismustrainerin und als Seminarkoordinatorin bei der Kommunalen Gemeinschaftsstelle für Verwaltungsmanagement.

Merve Şahin-Yılmaz

Merve ist in Solingen aufgewachsen und schon als Jugendliche im Jugendstadtrat politisch engagiert gewesen. Als Mitglied der Linken war Merve von 2020 bis 2023 gewähltes Mitglied im Zuwanderer- und Integrationsrat der Stadt Solingen. Sie ist studierte Kindheitspädagogin und angehende Kinderschutzbeauftragte. Gemeinsam mit weiteren engagierten Menschen hat sie den Solinger Verein BIPoC Voices e. V. gegründet. Derzeit arbeitet Merve als Projektleitung für das Easy Bildungs- und Familienzentrum e. V. und als Antirassismus- und Antidiskriminierungstrainerin.

Gözde Teper

Gözde Teper schreibt aus Verzweiflung, denn die Perspektive von Gözdes Ahnen hatten nie Raum zu erzählen. Gözde schreibt, weil das die einzige Form von Widerstand ist, die Gözdes Ahnen kannten. Gözde ist 28 Jahre alt und strebt den Lehrerberuf an.

Caroline Zhu

Zhu versteht sich u. a. als chinesisch-deutsch, wurde in den 90ern in Solingen geboren und lebte bis zu ihrem 26. Lebensjahr dort. Aktuell wohnt sie in Duisburg und forscht zum Thema datenbasierte Fehlerdiagnose. Zhu ist Teammitglied bei Zhong-De-Magazin und in der Community-Selbstorganisation tätig. In Köln organisierte sie mit anderen das Rice & Roots Asian Diaspora Festival 2023.

Impressum

1. Auflage, Berlin
GESTALTUNG &
LEKTORAT Yasemin Altınay
REDAKTION BIPoC Voices e. V. + Verlag
DRUCK Steinmeier, Deiningen

Der Verlag dankt Demokratie leben! Solingen, der AXION-Akademie der Werte und dem Förderverein für den Zuwanderer- und Integrationsrat der Stadt Solingen e. V. herzlich für die Förderung dieses Buchprojekts. Vielen Dank auch an Chrysa Eleftheriadi-Zacharaki für das Bild auf S. 15, das am 28.05.2023 nach dem gemeinsamen Mahngang vom Mevlüde-Genç-Platz zur Unteren Wernerstraße entstanden ist. Ein großes Dankeschön gilt BIPoC Voices e. V. für die schöne und heilsame Zusammenarbeit.

Alle Rechte vorbehalten. Die Verwendung von Text, auch auszugsweise, ist ohne schriftliche Zustimmung des Verlags urheberrechtswidrig und strafbar. Dies gilt insbesondere für die Vervielfältigung, Übersetzung oder die Verwendung in elektronischen Systemen.

© Literarische Diverse Verlag, Berlin 2023
ISBN 978-3-949362-03-3
www.ldverlag.de